Christian Kortmann
Mein Chef der Hund

Astrid Hager

(Nov. 2020)

CHRISTIAN KORTMANN

MEIN CHEF DER HUND

Mit Illustrationen von Andreas Jeutter

Piper München Berlin Zürich

Mehr über unsere Autoren und Bücher:
www.piper.de

MIX
Papier aus verantwortungsvollen Quellen
FSC® C013736
FSC
www.fsc.org

ISBN 978-3-492-05712-7

Gesetzt aus der Charter
Gesamtherstellung: Kösel, Krugzell
Printed in Germany

Für alle, die mehr Auslauf brauchen.

Eins

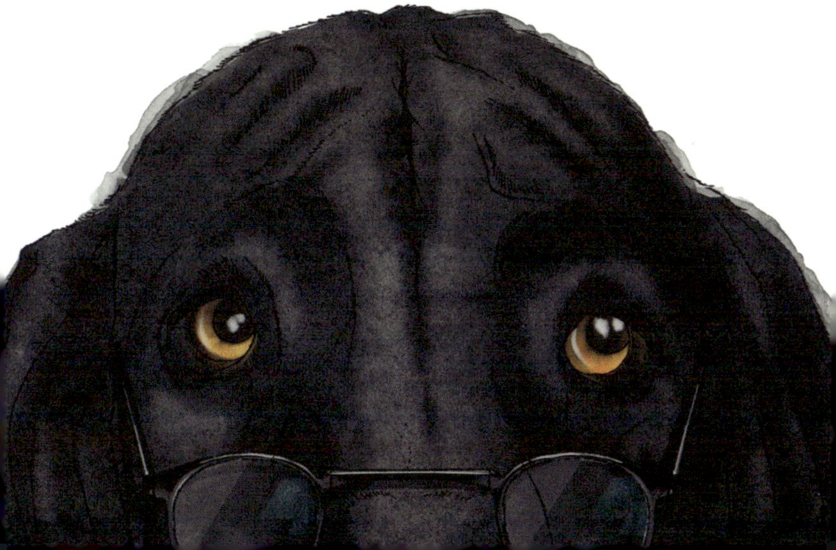

Ich hatte es tatsächlich getan und einfach gekündigt. Das sorgte bei allen, denen ich es erzählte, für großes Staunen.

»Gekündigt?«, fragten sie. »Ohne etwas Neues in Aussicht zu haben? Ist das in diesen Zeiten denn nicht riskant?«

»Ging nicht anders«, sagte ich, »hab ’ne schwere Chef-Allergie.«

Da traf ich auf der Straße zufällig einen Bekannten.

»Hör mal«, sagte mein Bekannter, »probier’s doch bei Papenburger, das könnte was für dich sein, dort ist jetzt ein Hund Chef geworden.«

»Ein Hund?«, fragte ich.

»Ja, ein Hund. Quereinsteiger. Haben

BUCHHAL

ewig lang gesucht. Mit Headhunter und so weiter. Und sein Profil hat wohl am besten gepasst.«

Ich hatte gelesen, dass man in Bewerbungen dem neuen Chef nicht vorauseilend nach dem Mund reden sollte. Man sollte so sein, wie man wirklich war. Also gab ich im Lebenslauf unter Hobby »längere Spaziergänge« an, weil es nicht gelogen war.

Ich schickte die Bewerbung an die Personalabteilung von Papenburger, ein paar Tage später klingelte das Telefon: »Wir würden Sie gerne persönlich kennenlernen«, sagte eine freundliche Frauenstimme. »Könnten Sie vorbeikommen?«

»Soll ich irgendwas Besonderes mitbringen?«, fragte ich.

»Nein, was denn?«, fragte sie und lachte. »Kommen Sie einfach zu uns ins Büro. Würde es Ihnen gleich morgen passen?«

Ich fuhr zur Zentrale von Papenburger, einem Hochhaus, das mitten in der Stadt

PAPEN
BURGER

lag. Hinter einer kniehohen Mauer befand sich eine kleine Rasenfläche. Durch eine große Drehtür trat ich ins Gebäude. Ich ging zum Empfang und wurde in den 27. Stock geschickt.

Zugegeben, ein bisschen nervös war ich schon. Ich kannte Hunde nur von der Straße und aus dem Privatleben. Da kam ich eigentlich immer gut mit ihnen aus. Aber andere Chefs waren ja auch ganz anders, wenn man sie zufällig im Urlaub, am Tiefkühlregal oder auf der Straße traf.

»Freut mich, Sie kennenzulernen«, sagte die Sekretärin.

Sie war ein Mensch, wie auch alle anderen Mitarbeiter, ihr Chef aber war ein echter Exot.

»Gehen Sie durch, er erwartet Sie schon«, sagte sie und öffnete die Tür des Chefbüros.

Der Hund saß am Schreibtisch und unterschrieb eine Reihe von Unterlagen. Er trug einen grauen Anzug mit Weste und eine dunkelblaue Krawatte mit weißen Punkten.

Er hatte sie locker gebunden, aus dem geöffneten Hemdkragen quoll ein wenig braunes Fell hervor. Keine Schuhe, aber goldene Manschettenknöpfe. Die Brille mit den kreisrunden Gläsern hatte er hoch in die Stirn geschoben, die Bügel klemmten hinter den Schlappohren. Auf dem Schreibtisch stand ein Foto seiner Familie. Seine Frau trug eine rosafarbene Schleife im Haar, sein Sohn hatte ungewöhnlich große Pfoten.

Zur Begrüßung stand der Hund auf und schüttelte mir die Hand. Wenn er nicht mein Chef gewesen wäre, würde ich sagen: Er gab Pfötchen. Ich dachte erst, er hätte ein paar Gummibonbons in seiner Hand vergessen, aber es waren eben die Ballen seiner Pfoten. Seine tiefschwarze, feucht glänzende Nase zuckte nach links und nach rechts, zuckte nach oben und nach unten, während ich seine Pfote schüttelte. Er schloss ein paarmal für wenige Sekunden die Augen und wedelte mit dem Schwanz, der hinten aus der Hose hervorragte und noch dumpf gegen das Stuhlbein schlug, als wir schon am Tisch in seinem Büro Platz genommen hatten.

»Wasser?«, fragte er, schenkte uns aus einer gläsernen Karaffe großzügig ein und trank selbst einige von dezentem Schlabbern begleitete Schlucke.

»Ah, herrliches Wasser«, sagte er, »ist ganz frisch!«

Dann blätterte er durch meine Bewerbungsmappe.

»So, so, Sie haben also gekündigt.«

Ich hatte den Eindruck, dass er bei der »Spaziergang«-Stelle im Lebenslauf einen Moment lang verharrte.

»Das sieht ja alles ganz gut aus. Dann wollen wir es mal miteinander versuchen«, sagte er und lächelte mich mit leicht zur Seite geneigtem Kopf an.

Seine Stimme klang tief und beruhigend. Allerdings waren manche Worte leicht vernuschelt, als hätte er eine Socke oder einen Pantoffel im Maul.

»Wie, das war's schon?«, fragte ich. »Wollen Sie nicht wissen, was meine größte

Schwäche ist und wo ich mich in fünf Jahren sehe?«

Er hatte sich auf seinem Stuhl zurückgelehnt, um sich lang und genüsslich mit der Pfote hinterm Ohr zu kratzen.

»Kommen Sie einfach am Montagmorgen um neun«, sagte mein neuer Chef der Hund. »Wir werden uns weiter beschnuppern und besser kennenlernen. Mal sehen, wo wir dann in fünf Jahren sind.«

Wie bei meiner vorherigen Stelle bestand meine Arbeit darin, Tabellen und Diagramme anzufertigen und sie vor meinen Kollegen in einem Konferenzraum an die Wand zu projizieren. Ich sagte etwas dazu, und wenn es Fragen oder Einwände gab, antwortete ich darauf.

»So können wir das nicht machen!«, sagte ein Kollege.

Worauf ich sagte: »Ich dachte mir aber, wir könnten vielleicht ...«

»›Ich dachte‹. Wenn ich das schon höre!«, war mein früherer Chef in solchen Momenten dazwischengefahren. »Sie sind nicht hier, um zu denken. Wir bezahlen Sie dafür, dass Sie arbeiten!«

Mein Chef der Hund benahm sich anders. Angefangen damit, dass er gar nicht bei jedem Meeting anwesend war. Und wenn, dann kam er meist zu spät, nachdem die Präsentation schon begonnen hatte. Er schlenderte durch die Tür, drehte eine Runde oder zwei durch den Raum und legte sich mit einem Stapel Akten unter den Tisch. Bei den ersten Sitzungen hatte ich noch darauf gewartet, dass er etwas sagen würde. Aber er wollte nur dabei sein, wir sollten ganz normal weitermachen, so als wäre er gar nicht da.

Er lag unterm Tisch, legte das Kinn auf die Akten und machte die Augen zu. Manchmal legte er sich auch lang auf die Seite. Bei besonders ausgedehnten Sitzungen lag er nicht selten auf dem Rücken und streckte alle viere in die Luft. Gelegentlich jaulte er im Schlaf grell auf und trat mit den Hinterpfoten aus, so dass wir unsere Beine einziehen mussten.

Wenn jemand meine Tabellen und Dia-

gramme nicht verstand, den Kopf schüttelte und: »So können wir das nicht machen!«, »Das ist auf Kundenseite doch ganz anders kommuniziert worden« oder: »Ich finde, an dieser Stelle ist unsere Performance suboptimal«, sagte, worauf es in der Regel etwas lauter wurde, drang unter dem Tisch ein tiefes Schnaufen hervor.

Wir blickten alle nach unten und sahen, dass mein Chef der Hund aufgewacht war, erst die linke Augenbraue hochzog, dann die rechte und uns reihum musterte. Erst wenn sich die Situation beruhigt hatte, machte er seine Augen wieder zu. Wir sprachen in normaler Lautstärke weiter und einigten uns. Manchmal änderte ich meine Tabellen und Diagramme, manchmal blieben sie so, wie sie waren. Mein Chef der Hund unterzeichnete, was wir beschlossen hatten.

Hatten wir am Ende eines Monats ein besonders gutes Ergebnis erzielt, gab es ein Weißwurstfrühstück für alle, auf Firmenkosten. Und das war, als ich bei Papenburger begonnen hatte, in jedem Monat der Fall. Dann wurden Bistrotische im Konferenzraum aufgestellt, und wir standen herum und redeten auch über andere Dinge als übers Geschäft. »Feedback«-Gespräche nannte mein Chef der Hund diese Termine in den Einladungen, die per Rundmail an alle gingen.

Ab und zu sah ich, wie er sich von den Bistrotischen wegschlich, um ein paar ganz leise Schlucke vom Wurstwasser zu schlabbern. Dabei warf er seine Krawatte über die Schulter, um sie nicht zu bekleckern, was seine Schlemmerei im Nachhinein verraten hätte. Es war eine elegante Bewegung, mein Chef der Hund hatte Übung darin.

Mittwochabends um halb sechs gingen einige aus unserer Abteilung zusammen joggen. Mein Chef der Hund lief mit, es hatte eines Tages mit einer spontanen Eingebung begonnen. Praktischerweise benötigte er kein Sportzeug, da war er einfach mal mitgelaufen.

Auf den ersten Kilometern begleitete er uns in unserem Tempo. Wir liefen so, dass wir uns gut unterhalten konnten, sein He-

cheln störte nicht weiter. Auf halber Strecke beschleunigte er, und wir konnten ihm nicht mehr folgen. Kein Wunder, er trainierte für den New-York-Marathon. So war er als Erster zum Duschen zurück im Büro, er blockierte dann ja auch am längsten den Fön.

Anschließend kam er oft noch mit auf ein Bier und erzählte uns von seiner Jugend im mehrsprachigen Internat in der Schweiz und von seinem Traum, sich eines Tages selbstständig zu machen, mit einer Firma für Hundelimonade, die er »Bellonade« nennen wollte.

Die tägliche Morgenkonferenz um neun Uhr hielt er bei gutem Wetter unten vor dem Hochhaus auf der kleinen Rasenfläche ab. Passanten blieben auf dem Bürgersteig stehen, blickten über die niedrige Mauer und beobachteten uns. Aber das störte meinen Chef den Hund nicht weiter.

Während wir auf dem Rasen standen und bei heißem Kaffee und Trockengebäck, das beim Zerbeißen laut krachte, das Tagesprogramm besprachen, lief er an der Mauer und an den Büschen entlang und erschnupperte, was sich seit seinem letzten Besuch getan hatte. Die frische Luft tat uns allen gut, die Konferenzen waren lebhaft, danach waren wir wacher als zuvor.

Irgendwann, ich denke, es war der Zeitpunkt, als er meinte, uns gut genug zu kennen, bat uns mein Chef der Hund, Zweige von den Büschen abzubrechen und sie vor ihn auf den Rasen zu werfen. Also brach ich einen Zweig ab und warf ihn hoch in die Luft. Mein Chef der Hund sprang über den Rasen, holte das Stöckchen und legte es dem nächsten Kollegen vor die Füße. Als dieser zögerte, es aufzuheben, sagte mein Chef der Hund mit glänzenden Augen, dass doch gar nichts dabei sei und wir das Spiel als ganz gewöhnliche Teambuilding-Maßnahme begreifen sollten. Da machte auch der zögerliche Kollege mit, und das Stöckchenwerfen wurde zu einem festen Programmpunkt der Morgenkonferenz.

Wir hatten uns daran gewöhnt, immer kurz vor meinem Chef dem Hund wieder ins Haus zu gehen. Er sagte stets, er müsse

»noch einige Dinge markieren«, warf sich eine Pfote voll Cracker ins Maul und deutete auf die Akten, die er unterm Vorderbein trug.

Wenn sich ein Mitarbeiter einen Termin bei ihm geben ließ, um über eine Gehaltserhöhung zu sprechen, holte ihn mein Chef der Hund an seinem Arbeitsplatz ab. Sie drehten eine Runde ums Revier und liefen durch die Straßen. Mein Chef der Hund interessierte sich sehr für alles, was auf dem Bürgersteig unterwegs war. Seine schwarze Nase zuckte, er drehte sich immer wieder um und schaute Hündinnen hinterher. Ob groß oder klein, ob mollige Mischlinge oder spindeldürre reinrassige Edelgeschöpfe, sie fesselten alle gleichermaßen seine Sinne.

Nahezu beiläufig fragte mein Chef der Hund auf dem Spaziergang seinen Mitarbeiter: »Nun, wo drückt denn der Schuh?«

Der Kollege druckste herum, sagte, dass er schon länger im Unternehmen sei und dass das Leben nicht billiger werde.

»Der Vorstand lässt mir leider nicht viel

Spielraum«, sagte mein Chef der Hund dann, »aber ich will Ihnen nicht widersprechen. Wir alle brauchen genug Auslauf. Ich werde sehen, was ich machen kann.«

Mein Chef der Hund kam bei diesen »Terminen« manches Mal abhanden. Es begann immer damit, dass er stehen blieb und unbeweglich auf dem Bürgersteig verharrte, irgendwie abwesend und wie von einer unsichtbaren Kraft an einer unsichtbaren Leine gezogen. Er ließ seinen Ehering von der Pfote gleiten und in der Westentasche verschwinden. Dann lief er einer Hündin hinterher und folgte ihr mitunter bis nach Hause.

Wenn seine Abwesenheit im Büro auffiel, musste ihm seine Sekretärin hinterhertelefonieren. Meist kam er spätnachmittags mit dem Taxi zurück und ließ es am Hintereingang von Papenburger halten.

Nach diesen Spaziergängen bekamen die betreffenden Kollegen dann ein höheres Gehalt ausgezahlt. Sie waren zufrieden, selbst wenn es nur ein bisschen mehr war als zuvor. Der Begriff »spazieren gehen« schillerte für uns in dieser Zeit zwischen verschiedenen positiven Bedeutungen.

Gelegentlich bestellte mein Chef der Hund Mitarbeiter zu Einzelgesprächen ein. Aber wenn die Kolleginnen oder Kollegen aus seinem Büro kamen, weinten sie nicht, wie ich das früher oft erlebt hatte. Sie waren noch nicht einmal bedrückt, ganz im Gegenteil. Meist hatten sie gute Laune und kraulten meinen Chef den Hund im Türrahmen stehend zum Abschied hinter den Ohren und tätschelten seine Flanken.

Wenn man sie nach dem Verlauf des Gesprächs fragte, antworteten sie nicht selten: »Och, er hat mich gefragt, ob ich mich hier noch wohlfühle und ob wir auch immer frisches Wasser haben. Und dann sollte ich ihm Bleistifte durchs Büro werfen. Er hatte nämlich gerade große Lust zu apportieren.«

Wir schienen ihm tatsächlich etwas zu bedeuten. Wenn die Vertriebler ihre Laptoptaschen schulterten, wurde mein Chef der Hund unruhig. Er spürte, dass sie gleich aufbrechen würden, und sah ihnen besorgt und

ein wenig bedrückt hinterher, wie sie mit ihren Trolleys im Schlepptau im Aufzug verschwanden. Montagmorgens lief er aufgeregt durch die ganze Abteilung und bellte laut, so als freue er sich, uns alle nach dem Wochenende wiederzusehen. Wir streichelten sein Fell und klatschten ihn ab. Seine »Montagsrunde« schien für ihn ein beinahe heiliges Ritual zu sein.

Ja, mein Chef der Hund wusste, wie er mit seinen Mitarbeitern umgehen musste; er wusste, wie er sie dazu motivierte, etwas zu tun, das gut für sie war und deshalb auch der Firma guttat.

Mehr noch, mein Chef der Hund war ein echtes Vorbild. Projektleiter imitierten in Meetings seine Moderationstechnik und legten sich einfach hin, nicht unter den Tisch, aber auf eine der Yogamatten, die es nun im Konferenzraum gab. Nicht alle waren dabei so überzeugend wie mein Chef der Hund, aber sie merkten, dass sie sich bislang etwas zu oft eingemischt hatten und ihr Team ohne Störung einfach besser arbeitete.

Begegneten sich Kollegen auf dem Flur, hatte ich den Eindruck, dass sie mehr miteinander redeten als früher und dass sie umeinander tänzelten, als würden sie sich gegenseitig beschnüffeln. Und im außergewöhnlich heißen Sommer dieses Jahr kamen fast alle Mitarbeiter – genau wie der Chef – ohne Schuhe ins Büro. Die Männer trugen die Krawatten leger gebunden, Brusthaar zu zeigen war nun bei uns en vogue.

Es ließ sich nicht abstreiten, wir verhundeten allmählich und fühlten uns pudelwohl dabei, auch wenn es nach außen etwas schluderig wirkte.

So war es nicht verwunderlich, dass die Chefs der anderen Abteilungen die Nase rümpften über die losen Sitten, die bei uns herrschten. Weil wir aber nicht schlechter dastanden als die anderen Abteilungen, ja sogar ein bisschen besser, was uns den Spitznamen »Eliteressort« eingebracht hatte, fand die Kritik an meinem Chef dem Hund kein Gehör.

Zwei

Dann aber kamen die Monate, an deren Ende es kein Weißwurstfrühstück mehr gab, weil unsere Zahlen von Woche zu Woche schlechter wurden. Wirtschaftskrise, hieß es, strukturelle Gründe, Papenburger könne dagegen im Moment gar nichts machen, wir sollten beten, dass die Konjunktur bald wieder anspringe. Meine Tabellen und Diagramme sahen aus wie zuvor, nur die absoluten Werte, auf die sie sich bezogen, waren kleiner geworden.

Als der Vorstandsvorsitzende des Unternehmens an einem Montag unangekündigt in die Morgenkonferenz kam und sagte, zwanzig Prozent der Mitarbeiter unserer Abteilung müssten damit rechnen, am Ende des Jahres keinen Job mehr zu haben, da habe ich meinen Chef den Hund zum einzigen Mal knurren gehört.

Er hatte die Brille abgesetzt und sich die Augen gerieben. Dabei fing er an, als überkomme es ihn und als könne er sich nicht dagegen wehren, tief aus der Brust zu knurren. Es war ein Geräusch, das leise wie ein Schnurren begann und zu einem knarzenden Grollen anschwoll, das den Konferenzraum ausfüllte. Mein Chef der Hund zog die Lefzen so hoch, dass wir seine langen und scharfen Eckzähne sehen konnten. Sein ganzes Gesicht wirkte faltig verzerrt.

Der Vorstandsvorsitzende wurde immer leiser und verstummte endlich.

Da entspannte sich das Gesicht meines Chefs des Hundes, er setzte seine Brille wieder auf und dankte dem Vorstandsvorsitzenden für die Ausführungen. Mit einem Blick in die Runde sagte mein Chef der Hund, dass bezüglich Sparprogramm und Personalabbau das letzte Wort noch nicht gesprochen sei und dass man bestimmt eine andere Lösung finden werde. Bei diesen Sätzen

IN THEATRES
AUGUST 25TH
MARA
HOTEL
TAXI
エミリ
PAPER
BURGER

sprach er besonders undeutlich, als hätte er einen großen Pantoffel, mindestens Schuhgröße 48, im Maul. Ja, seine Stimme klang wie die von jemandem, der früher einen Sprachfehler gehabt hatte, welcher nun wieder hervorbrach.

Zähe Verhandlungen begannen, meist hinter geschlossenen Türen. Wir bekamen aber alles mit, manches wusste der Betriebsrat, den Rest plauderten die aus, die nichts für sich behalten konnten. Mein Chef der Hund stellte sich gegen Entlassungen und sogar gegen jede Art von Lohnkürzungen in seiner Abteilung. Wahrhaft stur soll er sich benommen haben, erzählte eine Sekretärin, von seinem Weg überzeugt, einfach nicht von seinem Willen abzubringen. Eben wie ein Hund, der auf der Stelle sitzen bleibt und umso stärker dagegenhält, je fester man an der Leine zieht. Niemand aus dem Vorstand schaffte es, ihn auf die Seite der Sanierer zu holen, so heftig sie sich bemühten, sosehr sie ihn mit Boni lockten und so scharf sie ihm drohten.

Nach den Verhandlungen hörten wir, dass der Vorstand unzufrieden war mit meinem Chef dem Hund. Sogar von »Enttäuschung«, »Totalausfall« und »Belliteressort« war die Rede. Der Vorstand hatte sich in der Krisensituation einen bedingungslosen Sparkurs gewünscht. Dafür hatten sie ihn schließlich geholt, den Chef mit dem besonderen Näschen für konjunkturelle Entwicklungen, den Experten fürs große Geschäft, den Alpha-Rüden.

Nun schimpften sie über seine Gutmütigkeit, hinter seinem Rücken machten Lassie-Witze die Runde.

Mein Chef der Hund hatte sich mit seinen Gegenvorschlägen und seinem eigenen Sparprogramm durchgesetzt. Zunächst rückten wir enger zusammen, aus den Einzelbüros wurden Zweier- und Viererbüros, das Chefbüro wurde zum Konferenzraum umfunktioniert. Mein Chef der Hund sagte, er finde die ständige Gesellschaft sogar recht angenehm, solange man ihm ein Plätzchen unterm Tisch frei halte.

Auf dem Flur ließ er hölzerne Boxen aufstellen, die wie etwas zu hoch geratene Hundehütten aussahen. Mein Chef der Hund erklärte uns, dass es sich um »Denkzellen« handele. Wir sollten uns dort hineinbegeben, wenn wir in Ruhe nachdenken oder etwas besprechen wollten, ungestört von Telefon und E-Mail-Eingang.

»Mit ein paar Büscheln Stroh auf dem Boden wäre es natürlich noch gemütlicher«, sagte mein Chef der Hund, »aber ich bin nicht sicher, ob das jeder hier mag. Und so ein Floh kann ja auch schnell zum Problem werden.«

Die dank dieser Maßnahmen frei gewordene Bürofläche wurde untervermietet, an eine Unternehmensberatung, deren Geschäfte gerade besonders gut liefen.

Dann nahm sich mein Chef der Hund die Energiekosten vor. In diesem Winter wurden unsere Räume nur so beheizt, dass die Wasserleitungen nicht einfroren. Wir kamen mit Mützen, Schals und Handschuhen zur Arbeit, die Männer mit dickem Wollpulli unterm Jackett, die Frauen in Moonboots und Daunenwesten.

»Reine Gewöhnungssache«, sagte mein Chef der Hund. »Für den, der auf der Straße, im Wald oder in den Bergen arbeitet, und selbst für Gemüsehändler ist das ganz normal. Legen wir uns also ein Winterfell zu! Oder seid ihr etwa Chihuahuas, die beim ersten Luftzug ein Mäntelchen brauchen?«

Zum Aufwärmen morgens spielten wir ein Spiel, das er »Fang den Schwanz!« nannte. Dabei drehte sich jeder im Kreis und versuchte, seinen eigenen Schwanz zu fangen. Obwohl außer meinem Chef dem Hund keiner von uns einen Schwanz hatte, sollten wir alle mitspielen. Also stellten wir uns vor, wir hätten einen Schwanz, und rotierten, so schnell wir konnten, auf der Stelle.

Puh, dabei wurde einem ganz schön schwindelig, aber auch warm, das stimmte schon. Und wenn ein Kollege bei diesem morgendlichen Herumwirbeln ins Trudeln geriet, sich nicht auf den Beinen halten konnte und auf den Boden fiel, dann stupste

mein Chef der Hund den Gestrauchelten mit der Nase an, lachte, und die meisten lachten mit.

Am Montagmorgen bellte mein Chef der Hund bei seinem Lauf durch die Flure nun besonders laut. Manchmal raste er derart ausgelassen durch die Abteilung, dass seine Pfoten ein besonderes, hartes und stumpfes Geräusch auf dem Teppich machten. Wenn ich mich daraufhin nach ihm umschaute, erblickte ich meist nur seinen Schwanz, so schnell war er unterwegs. Wir verstanden seine Energie und seine Lebenslust als Ansporn, uns auch in der neuen Woche wieder ins Zeug zu legen. Und wir versuchten, meinen Chef den Hund nicht zu enttäuschen.

Manche beschwerten sich über die Kälte und die Unruhe in den neu entstandenen Gruppenbüros, bis jemand sie daran erinnerte, dass wir es zwar wieder warm und großzügig weit haben könnten, dann aber jeder Fünfte von uns keine Arbeit mehr hätte.

Beinahe täglich brachte mein Chef der Hund neue Verbesserungsvorschläge mit ins Büro.

So wurden E-Mails von nun an nur noch zweimal pro Tag zugestellt, damit wir uns aufs Wesentliche konzentrieren konnten. Wir bekamen die elektronische Post gebündelt morgens um zehn Uhr als sogenannten »kleinen Napf« und um sechzehn Uhr als »großen Napf«.

Mit den Kollegen vom Vertrieb veranstaltete mein Chef der Hund ein Wochenendseminar in einer Pension auf dem Land. Er leitete das Seminar selbst und legte großen Wert darauf, dass sie von nun an »freudig erregt und mit erhobenem Kopf« auf potenzielle Kunden zugehen sollten.

»Macht euch ein Bild vom Kunden«, rief er, »fahrt hin, Leute, schaut euch seine Hütte an! Ihr müsst wissen, wie der Kunde von vorn und wie der Kunde von hinten riecht.«

Anschließend übten sie das Verhalten in Rollenspielen und auf Spaziergängen ein. Die Vertriebler erzählten, dass es ihnen zunächst schwergefallen sei, völlig ungeniert auf wildfremde Spaziergänger zuzulaufen, und dass es bei Neukunden immer noch ungewohnt sei, ihnen zur Begrüßung nicht die

Hand zu schütteln, sondern beide Hände auf die Schultern zu legen. Sie waren jedoch überrascht, wie gut ihr Benehmen bei den Kunden ankam. Man stellte auf diese Art recht schnell eine persönliche Ebene her.

Der Betriebsrat berichtete, dass mein Chef der Hund auf seinen Firmenwagen verzichtet hatte. So etwas brauche er nicht, hatte er in den Verhandlungen gesagt und auch dem Vorstand empfohlen, auf die teuren Limousinen zu verzichten. Ohnehin sei es gesünder, zu Fuß zur Arbeit zu gehen. Und für Dienstreisen würde er in Zukunft die Bahn nehmen, da zahle er als Hund nur fünfzig Prozent des Normalpreises und komme ausgeruht ans Ziel.

Zudem legte er seinen jährlichen Bonus auf unser Weihnachtsgeld um, damit wir keine Einbußen hinnehmen mussten. Das geschah auf Initiative seiner Frau, wie er uns eines Abends nach dem Laufen erzählte, als wir uns bei ihm bedanken wollten. Sie hatte ihm ausgeredet, ihr zu Weihnachten das mit Brillanten besetzte Goldhalsband zu schenken, das sie sich schon so lange gewünscht hatte.

Als die Vorstände und die Chefs der anderen Abteilungen von den Neuerungen bei uns erfuhren, sackte die Stimmung in den Keller. Fast alle waren nun gegen meinen Chef den Hund. Kollektive Verblendung, einfach unfassbar, wir hätten doch alle den Schuss nicht gehört, so lautete das allgemeine Urteil. Das komplette Ignorieren aller gültigen Managementlehren würde sich rächen, aber was sollte man auch anderes erwarten von einer Abteilung, die »hoffnungslos verhundet« sei.

Bei der Weihnachtsfeier ließ sich mein Chef der Hund von der heftigen Kritik an seiner Person nichts anmerken. In seiner Rede sagte er, wir könnten alle zusammen stolz darauf sein, den Schwanz auch in schweren Zeiten nicht eingezogen zu haben, und dass wir im nächsten Jahr die Nase bestimmt wieder vorn haben würden.

An diesem Abend waren wir seine Gäste, und auch unsere Familien waren eingeladen. Es gab »Bellonade«-Punsch und Panseneintopf.

»Aromatisch, nahrhaft, kulinarisch unterschätzt und preiswerter als Fleisch«, sagte mein Chef der Hund und versuchte, uns sein Leibgericht schmackhaft zu machen. »Hmm, und dann diese Textur!«

Sein Sohn langte noch kräftiger zu als der Vater und durfte am Ende die Schüssel ausschlecken. Seine Frau trug ein knallrotes Kleid, das ihr mit ihrem schwarzen Fell prima stand. Sie war eine Meisterin des Small Talks und parlierte charmant über Welpen und Karriere. Als mein Chef der Hund einen langsamen Foxtrott mit ihr tanzte, bildeten wir einen Kreis, und ich bin mir sicher, dass nicht wenige dieses Paar bewunderten. Später am Abend spielte mein Chef der Hund Schlittenhund, und die Kinder durften auf ihm reiten.

Nach den Weihnachtsferien kamen die Zahlen für das letzte Quartal des Jahres, und bei Papenburger staunten sie nicht schlecht. Der Abwärtstrend war beinahe gestoppt, vor allem dank des herausragenden Ergebnisses unserer Abteilung, die noch produktiver ge-

worden war und eine beachtliche Zahl an Neuaufträgen vorweisen konnte.

Von nun an betrachtete man uns in einem anderen Licht.

Unsere Denkzellen machten im Lauf dieses Winters im Unternehmen Schule, sogar die bislang erbittertsten Gegner meines Chefs des Hundes führten sie in ihren Abteilungen ein.

»Die Meetings sind so einfach wesentlich kürzer«, sagten sie begeistert, zupften einen Strohhalm vom Jackettärmel, kratzten sich hektisch am Hals und verschwanden im hölzernen Kabuff.

Immer öfter kamen die Unternehmensberater, die in unseren alten Räumen saßen, zu uns rüber und blickten uns bei der Arbeit über die Schulter. Sie machten Notizen, vermaßen die Denkzellen, begleiteten den Vertrieb bei Kundenbesuchen und fotografierten die Yogamatten im Besprechungsraum. Und an besonders kalten Tagen beobachteten wir durch die Glastüren der anderen Abteilungen, wie auch die Kollegen eine Runde »Fang den Schwanz!« spielten.

Mein Chef der Hund ging nun regelmäßig mit anderen Chefs und Vorständen mittagessen. Schulter- und Flankenklopfer, die »die ganze Zeit über fest an ihn geglaubt hatten«, machten ihre Aufwartung.

Doch es gab auch die, die seinen Erfolg nicht verwinden konnten. Für sie kam sein Aufstieg einer persönlichen Niederlage gleich. Wenn sie ihm begegneten, war es nicht mein Chef der Hund, der knurrte, sondern man hörte ihr Zähneknirschen, das sie nicht unterdrücken konnten.

Gewiss war es kein Zufall, dass genau in dieser Phase die Fotos auftauchten. Die Fotos, die meinen Chef den Hund zusammen mit anderen Hündinnen zeigten, von denen keine seine Frau war. Und was für Bilder das waren, unvergesslich haben sie sich in mein Gehirn gebrannt, überall diese blutigen Knochen, Wurstwasserlachen und haufenweise stachelige Gummiigel.

Einige Zeitungen druckten die Aufnahmen und prangerten die Zustände an den

City News
Management
ohne Moral!

Spitzen der Konzerne an. »Management ohne Moral« lautete eine der harmloseren Schlagzeilen.

Mein Chef der Hund versuchte anfangs, es sich nicht anmerken zu lassen, aber die Affäre setzte ihm zu. Vor allem privat hatte sie ihn hart getroffen.

»In einer einzigen Mittagspause«, sagte er, »habe ich mein ganzes Leben und das meiner Familie ruiniert.«

Von Tag zu Tag sahen sein Fell grauer und seine Augenhöhlen tiefer aus. Seine Stimme klang dünn und heiser. Müde trottete er den Flur entlang, sogar auf seiner Montagsrunde. Er blickte nicht mehr freudig schwanzwedelnd in die fast immer belegten Denkzellen, um uns mit einem »Wuff!« anzufeuern. Er suchte sich nun lieber eine leere, dunkle Denkzelle und blieb dort stundenlang liegen.

Wir warfen die schönsten Stöckchen, besorgten die köstlichsten Cracker und massierten ihm bei Meetings mit dem Fuß unterm Tisch die Schultern. Doch all unsere

Versuche, ihn aufzumuntern, waren vergeblich. Es war, als rührte ihm jemand jeden Tag etwas unters Futter.

Drei

Dann erschien mein Chef der Hund eines Morgens nicht im Büro. Seine Abwesenheit fiel besonders auf, weil er bis jetzt keinen einzigen Tag gefehlt hatte. Als wir uns nach ihm erkundigten, sagte seine Sekretärin, nein, Sonderurlaub sei das nicht, er liege im Krankenhaus.

»Nur Flöhe«, fragte ein Kollege, »oder ist es was Ernstes?«

Es war wohl etwas Ernstes. Schon zuvor hatte ich meinen Chef den Hund klagen gehört, er habe dieses Ziehen im Rücken, das komme wohl vom vielen Sitzen. Chefjahre seien eben keine normalen Jahre, sagte er, man müsse sie mal sieben nehmen, mindestens.

Als Vertretung schickte der Vorstand keinen Hund, sondern einen Zähneknirscher. Der Interimschef drehte die Heizung wieder auf und legte sich bei Meetings und Konferenzen nicht unter den Tisch. Er saß bei Präsentationen vor Kopf und sagte Dinge wie: »Meinen Sie das wirklich ernst?«, »Langsam wundert mich gar nichts mehr!« und »Ich gebe Ihnen jetzt mal die Basic Facts und Ihre To-dos!«

Dabei kam seine Stimme stets so in Fahrt, dass ich meine Hände, in die ich mein Kinn stützte, möglichst unauffällig über die Ohren schob.

Er sagte auch gerne: »Love it or leave it!«, obwohl Liebe für unsere Art von Beziehung der falsche Begriff war.

Die Morgenkonferenzen auf dem Rasen waren gestrichen, unseren Lauftermin hielten wir vor dem Interimschef geheim.

Nur noch ein einziges Mal kam mein Chef der Hund ins Büro, sein Erscheinen in der Wochenkonferenz war kurzfristig angekündigt worden. Im Konferenzraum, seinem ehemaligen Büro, war es so voll wie nie zuvor, alle Mitarbeiter und auch Kollegen aus anderen Abteilungen waren gekommen. Wir standen dicht gedrängt in mehreren Reihen, die Tür blieb geöffnet, damit auch die, die auf dem Flur standen und ihre Köpfe reckten, einen Blick auf meinen Chef den Hund erhaschen konnten.

Er war dünner als früher, wirkte fast abgemagert, als er nun endlich wieder vor uns saß. Sein Fell sah staubgrau und ungekämmt aus, die Nase war blassrosa und trocken. Seine Ohren hingen ihm fast bis auf die Schultern. Mein Blick fiel auf das gerahmte Plakat für ein Konzert seines Lieblingssängers Chet Barker, das immer noch an der Wand hing.

Der Vorstandsvorsitzende und der Interimschef waren auch da, aber niemand beachtete sie.

»Einige von Ihnen möchte ich mir gerne noch mal näher ansehen«, sagte mein Chef der Hund.

Er sprach sehr undeutlich, aber ich hatte

gelernt, ihn zu verstehen. Seine tiefe und beruhigende Stimme war leiser als gewohnt, nur noch ein hauchdünner Faden. Seine Sätze zwischen zwei Atempausen waren kürzer, ich hörte, wenn er Luft holte. Er nannte Namen, und die Angesprochenen meldeten sich. Ich wurde von meinen eigenen Gedanken abgelenkt und fühlte mich bedrückt, es war ungewohnt warm und stickig im sonst so frischen Raum.

Dann nannte er meinen Namen.

Ich spürte, wie mir heiß wurde und sich mein Herzschlag beschleunigte. Ich hob die Hand und rief: »Hier! Ich bin hier!«

Ich drängelte mich an den Kollegen vorbei nach vorne, bis ich direkt vor ihm stand. Vor meinem Chef dem Hund. Ich ergriff seine rechte Pfote, umschloss sie mit beiden Händen und spürte die Gummibonbons darin.

»Hmm«, machte mein Chef der Hund, neigte den Kopf ein wenig zur Seite und nickte mir zu. Ein schwaches Pulsieren ging durch seine Nasenflügel, Wasser stand in seinen Augen.

»Wie ich Ihnen schon sagte«, nuschelte er und lächelte. »Niemand weiß, wo er in fünf Jahren ist. Danke für die gute Zusammenarbeit.«

»Ich habe zu danken«, sagte ich, und er nannte einen weiteren Namen.

Es war das letzte Mal, dass ich meinen Chef den Hund gesehen habe.

Seine Frau trug bei der Beerdigung eine schwarze Schleife, sein Sohn war groß geworden, der Rest des Körpers passte nun zu seinen Pfoten. Es regnete in Strömen. Ich dachte an den Geruch, wenn ich nach dem Joggen ins Büro gekommen war und mein Chef der Hund gerade geduscht hatte.

Nun müsse es weitergehen, sagte der Interimschef am nächsten Morgen in der Konferenz. Wir sollten in die Zukunft blicken, Nostalgie könnten wir uns nicht leisten. Das neue Jahr würde anstrengend werden, eine »Challenge«, ein »echter Härtetest«, zwanzig Prozent von uns seien Wackelkandidaten, das sollten wir nicht vergessen. Und ewig so eng aufeinanderhocken und in Hundehütten konferieren, das könne doch keiner von uns ernsthaft wollen.

Ein Kollege hatte die Zeichen der neuen Zeit noch nicht erkannt. Er nahm einen der schwarz-gelb gestreiften Bleistifte, die mein Chef der Hund so gemocht hatte, und warf ihn, begleitet von einem kurzen scharfen Pfiff, vor dem Interimschef auf den Boden. Dann blickte er ihn erwartungsvoll an und sagte: »Na, komm. Jetzt aber los. Hol das Stöckchen!«

Der Kollege durfte sofort seine Sachen packen und ganz lange spazieren gehen.

Seit mein Chef der Hund weg ist, habe ich Schwierigkeiten, mich auf meine Tabellen und Diagramme zu konzentrieren. Immer noch drehe ich mich ein paarmal am Tag erschrocken um, weil ich denke, ich hätte das Geräusch gehört, halb Tapsen, halb Ziepen, das die Pfoten von meinem Chef dem Hund auf unserem Teppichboden gemacht haben.

Schließlich sei unser Ex-Chef auch nur ein Hund gewesen, so reden sie jetzt beim Mit-

IN EVER
LOVING MEMORY
WILL

tagessen oder beim Kaffeetrinken, und die Friedhöfe seien bekanntlich voll von unersetzlichen Leuten.

Wer so etwas sagt, hat ihn nicht gekannt, wer so etwas sagt, weiß nicht, was Liebe ist.

Bald werde ich wieder kündigen. Ich habe keine andere Wahl, es ist eine innere Notwendigkeit.

Mein Chef der Hund hat mich verlassen.

Aber ich blicke optimistisch in die Zukunft, das habe ich ihm versprochen.

Ich könnte mich selbstständig machen und »Bellonade« produzieren, natürlich mit seinem Foto auf dem Etikett. Oder ich probier's bei der Firma Schlüttenbach, dort soll gerade ein Elefant in den Vorstand berufen worden sein.

BELLONADE

IBACH

Christian Kortmann (li.) veröffentlichte neben Essays und Reportagen zwei Romane, »Der Läufer« (2009) und »Das menschliche Optimum« (2012). Die Illustrationen stammen von **Andreas Jeutter**, der wie Kortmann als Büroveteran unzählige Kläffer und Beißer erlebt hat. Wenn er in Meetings mal keine Skizzen macht, träumt er von langen Waldspaziergängen.

Sie wollen meinen Chef den Hund
näher kennenlernen?

Dann besuchen Sie ihn doch unter
www.piper.de/meinchefderhund